AF598958

Papillon et/aux draps froissés

Alex Vague

Papillon et/aux draps froissés

Roman

ISBN : 979-10-422-1337-4

Introduction

Il ne faut pas voir en ces phrases, ces paragraphes, l'histoire passionnante d'un personnage qui raconte sa vie de manière autobiographique. Car si tout d'abord celui-ci n'a rien de fascinant, sa banalité veut que les phrases qu'il jette ainsi sans douceur, d'un geste presque nuisible (presque condamnable dans son empressement) soient communes à toutes pensées existantes. Puissiez-vous entrer en résonnance avec ses pensées en errance sur ce beau papier blanc. Inutile de penser là en chronologie, chaque bride de pensée tient une couleur, pour représentante un nombre qui vous paraîtra aléatoire. Si chronologie est souvent méthode d'organisation d'un code social et universel, la pensée ici se veut libre d'une méthode qui est propre au caractère de l'individu pendant et jetant ses bribes au large. En vous souhaitant une agréable lecture.

18

Tu me dis que tu vis plus que jamais, que ça va et qu'il faudrait

Qu'on sorte tous les deux vivre intensément comme tu le fais déjà actuellement.

Des mots d'ivresse, d'exaltation, mon esprit paresse à de plus grandes déceptions.

À la renverse, sur les talons, mes actes se pressent, longues indécisions.

En scission, les espoirs se décomposent, mais ils ne sont pas plus nombreux qu'au départ.

Car au départ déjà, l'instant était de mise comme suite lente d'informations mortifères

Indiffère, tout me l'était que tu disais

Car tu ne voyais pas les zébrures d'une vie achevée dès le début.

Au début pourtant il était clair, que dans tes yeux tous semblaient mille

Mille éclats d'intensité que la nuit emportait dans ses argenteries délicates

Tu dis être ravie des perspectives que tu imagines romanesques de figure

Tes desseins jamais assez grands, mais qui prennent vent quand souffle se lève.

Et soulève alors en moi quelques ardeurs mollement impétueuses

Qui se dissipent alors comme sable à bourrasques vaseuses.

Puis-je vraiment m'asseoir sur l'indifférence, ou le spectacle qui m'entoure et m'englobe dans son cocon tentateur ?

À l'heure où le puits s'éclaire d'une vérité, toujours eau nocive et mortel à celui qui la boit.

Laisse de côté mon immondice pour quelques plaisirs succincts

Offre-toi aux vices auxquelles coincé je ne cède pas et croule dans les bras de l'abîme.

Bien plus qu'abîmé, je pense être finalement sensible.

Risible à en dégoûter l'abject lui-même, les relents de la répugnance m'assomment à coup de vérités.

Le frigo est plein et le ventre vide

Vide, comme visite d'usure battante.

Lente mais poursuivant mes relents de pourriture constants.

Je pense au lendemain qui m'a toujours échappé.

Essayer de l'effleurer, il paraissait aimer les valses.

Salaces étreintes du vide à mes désirs.

Partir des affects aux plaies à en fleurir

4

On ne pense que peu aux feuilles assoiffées du bitume.

Seul un regard perdu, errant et rempli d'amertume, s'y arrête pour les regarder pour n'en fixer qu'une.

Il l'attrape avec douceur et ses mains lui sont un nid, pas de mouvement brusque ou voici qu'elle s'effrite

Ne sont-ils pas pareils ?

Il la laisse tomber et l'écrase, geste brusque et sauvage. Tourne le dos, reprend chemin.

Qui viendra l'écraser pour de bon ?

Il attend

Il attend.

11

Il y'a de ces paresses
Insolentes et un brin provocatrice.
Qui dévoilent leurs belles hanches, hypnotisent nos regards qu'elles attirent.
Font en sorte que ce soit là une vue dont on ne veuille se départir
Et se gâchent les opportunités que leur absence avait à nous offrir.

Il y'a de ces paresses étonnantes
Le corps en surplus d'énergie reste immobile, indécis ne sachant comment la dilapider.
L'esprit plat comme une feuille s'embrouille et s'enroule dans de faibles éclats de lucidité.

Il y'a de ces paresses
Mettant le cœur en joie et le corps en satisfaction.
Flanqué sous un doux édredon,
Rien ne se gâche alors et tout se profite.

54

L'opulence de son charisme,
Suffisait à en faire un chemin envié
Naïvement ou faisant preuve d'altruisme
Lorsqu'il s'est offert à moi, je l'ai emprunté.

Petit oisif inconscient qui finirait aveugle
J'ai suivi la rambarde, la main déjà à demi posée.
Subjugué, peut-être de par l'étrangeté de ses paysages
Petit oisif se fit avoir par cette séductrice bien roulée

Elle me fit voir ses délicates chevilles d'un acte insolent.
Et remonta aux cuisses, taquine, d'un geste de lent
J'y vis les courbes d'un ailleurs réjouissant
Qui aurait cru que cette contemplation fut condamnable ?

Plus elle dévoilait sa chaire d'espérance
Moins je me penchais sur l'itinéraire emprunté
Et c'est ainsi que sa gueule se refermait sur moi, immense
Et que claquèrent à ma figure, les dents de son sourire pervers.

La nuit tomba brutalement, ainsi petit oisif recouvra la vue
Observant les restes de son rêve idyllique, de nouveau enchaîné.
Se rajoutant le vide éclatant d'inexistences des espoirs qu'elle lui avait montrés.

76

Et c'est là que tu repenses à cette tension palpable
Ton corps aux aguets sans inconfort
Plaisante et addictive, dévoile ses pans
À ta sauvagerie durement réprimée.

Tu repenses à ce « Tout est plat » et les envies qui se bousculent.

Les yeux piquent, qu'attendais-tu ? Tout va si vite.

Des mois après, tu claques la porte de honte d'un échec personnel non assumé.

Idiot, à la prochaine tension alléchante, jette-toi dans le tram et sans attente.

Laisse ta sauvagerie capturer ses lèvres.

2

Les hostilités débutent

Toujours à l'heure, comme si leur retard ferait descendre les corbeaux en piqué,

Les deux camps s'assoient à leur emplacement initial, dos droit, genoux fléchis, creusant le sol de leur récurrence.

À gauche des soldats agités, non pas d'une expérience nouvelle ceci dit

Semblant aussi enthousiaste que des boucs face à un beau terrain d'une herbe fraîche qui leur tendrait les bras.

Des armes maigres, couteau, pelles, haches, dont les tâches écarlates et sombres est à l'image de leur enthousiasme bestial.

Prêt à planter des membres comme un homme le ventre vide d'une semaine de jeûne qui se jetterait sur de la nourriture avec grand plaisir.

À droite, le silence.

Des mines vides de tout soupçon d'impatience et de peur.

Mais les mines exténuées, la peau tendue, les joues creuses, les vêtements amples, usés.

On devinait dans leurs yeux qu'il n'y eut aucune attente, difficile il était d'imaginer leur visage empreint de vie.

Fusils et canons d'allure rouillés et grands barils.

Le sang ornait leur sol, jusqu'à leur botte de cuir et leurs chemises froissées.

Immobile et silencieux comme si une marche funéraire se déplaçait dans l'espace séparant les deux camps.

Un détonement brutal et assourdissant décollant les pieds des boucs galopant à une vitesse folle vers le sol boueux.

Avant cela on y décernait de nombreuses emprunte, qui maintenant se faisaient remplacer par de nouvelle, d'un pied plus grand ou plus mince.

Les statuts ne décollèrent pas leurs pieds mais les mains s'activent et les coups faisant voler corps et terre boueuse dans une symbiose harmonique, diabolique, naquirent d'un sous un spectacle théâtral.

Les boucs tels des hyènes parvinrent à arriver aux frontières des ex-statuts, maintenant pantin de bois qui viennent à leur rencontre.

Détonations, cris, derniers souffles et rires carassins.

Qui aurait cru que les boucs et leurs atouts sommaires donneraient tant de difficulté aux soldats de plomb armes du progrès.

Mais qu'était le progrès face à la joie sadique de faire couler le sang, les larmes et toute petite flamme de résistance.

Une bataille de 5 h qui en parut bien 10 h, un jour, des semaines ou des années.

Jusqu'à ce que l'œil de ce spectacle d'horreur presque jouissive l'observe de plus en plus flou car son propre corps ne fut plus à même de la suivre et le spectateur s'endormit.

Qu'importe, le même manège recommencera demain, hyènes et statut à leur place, creusant le sol de nouveaux millimètres de profondeur, sans jamais que de vainqueurs n'ai eu le temps d'être observé.

16

Au gré des plis chavirait-elle
Aux étendues scindées, entrelacées en racines jumelles
Petite coque fendait les bras que mère intense lui offrait
Bien pressée de faire taire ces appels à tentation

Tout chuchotait de malices à son regard d'y trouver bon goût.
« Saute et déchire, la robe qu'elle porte en t'élevant »
Chuchotis pervers et rameurs incessants.

Le vent rejoint la berceuse des plis
Ou la complainte d'une voix sous brume
« Viens contempler nos courbes généreuses d'inconscience,
Pénétrons les rêves et éteignons tout ».

Petite coque avance d'un pas à tendance suspendu

55

On a encensé ses vers,
Survolé leurs formes
En saisi des miettes,
Écarté la méforme
On a excusé l'eau trouble
Avançant des abscisses quasi certaines
Car toute allure de génie ne délaisserait ses doigts au jeu du hasard
Avançant encore bassesses de proposition, une n'arrivant jamais sans une autre
Infinie, perçant les tympans de l'esprit

Les oreilles bien trop pressées pour écouter ses lignes
Persona débile par éloge d'une « beauté », du difforme non reconnu.

6

Fébrilité toque à la porte

Se présente, laissant dévoiler ses épaules tendues.

Ses mains brillantes nerveuses contre les pans de sa robe.

Tourne les aiguilles en l'attente de talons qui retentissent

24

Une pression, une friction,
Une étincelle trempe de nouveau ses pieds dans l'ombre du désir.
Tapis dans l'obscurité la plus opaque, fesses en arrière prêt à bondir.
Anesthésie rompt son sort,
Alléché à la senteur oubliée.

Réduit longtemps au rang de mythe
Bien trop gros pour qu'elle eût jailli de sa caboche.
Musquée, légère, entêtante, un abîme d'étendue large.

Des flots, rose rivière et mauve presseur
Gouttelette bleue et mur cachant la vue.
Forme sans frontières, et musclée de deux bras, paumes à plat contre l'esprit prêt à pousser.

Des tacs pesants et précipités cognent le carrelage froid

Un grincement sévère et autoritaire prêt à brandir la punition à deux amants secrets

Puis les tacs se taisent et s'offrent aux couleurs silencieuses et ambrées, brin de mélancolie suivant l'excitation et la fébrilité précédentes

42

Et puis à nouveau, elles découvrent leurs lacs et leurs plongeoirs d'herbe verdoyante et chaleureuse.

Des flagrances acides et douces, et un soupçon de coquinerie

De lourdes portes de marbre-bois moins accueillantes et plus formelles à mesure qu'on tente de les rabattre.

78

Il y a de ces bras
Qui tournent l'acte à la dérive
Tirons à gauche, à droite
Sans qu'aucune domination n'arrive

Le déni est cruel
On le sent mijoter jusqu'à en faire trembler nos corps
Inanimés de toute volonté annulée par les deux bouts

Voguent alors sur un papier peint délavé
Érodé par de longues heures à être scruté
Non en star plus qu'en victime.
Sans qu'il ne porte en son sein de quoi satisfaire les regards avides, mais plus vides que « à »

28

« J'aimerais que l'on danse, aux 4 heures entamées plus qu'entamant

Ramant de nos quatre pieds gauches ayant pour seule assurance nos sourires,

Ni au clair de lune ni sous les effluves pimpants réchauffant notre chair de ses voiles transparents

Mais où nous ne serions ni espaces ni d'ailleurs ou, car sa réponse ne sera pas

Proche sans que touché, vu, odora, ouïe en témoigne, plus qu'une flagrance non perceptible murmurant aux oreilles absentes.

Gardons un peu de coquinerie et enfermons ces paroles qui ne sont que le mot de celui-ci au travers de nos pensées.

Ainsi valsons, et détachons nos paumes de larmes, confession et brume d'agréable. »

96

Les pas de loups changeants de ce que l'on dépeint prédateur ne furent qu'une illusion barbare et synonyme alors de l'incapacité de ces brillantes naissances mort-nées, à la sublimation.

15

Les galeries défilent et ne se ressemblent pas
Et si mes pas oscillent, toujours dociles, l'écart restera
Les parois de verre semblent des bulles
Si fines que l'on pourrait les éclater

Et alors tout se déverse à nouveau
Rires salaces, vil soleil qui n'est jamais sans échange
Et puis aussi dans un coin, le grand seau
Cabossé jeté à chaque retour du boomerang

Si mes mots étaient des armes, elles seraient de bien piètre qualité
Car pour qu'elles fonctionnent, encore faut-il une attention à décrypter
Et si mes mots avaient des membres, ils trembleraient

Parfois d’extase, bien trop souvent trouillard, et parfois ils sombreraient

Non pas qu’ils soient faibles, peut-être sont-ils juste mauvais soldats

Gardons là leur honneur, qu’ils retournent à leur cyprès et laissent bataille là

Qu’ils restent où ils peuvent trembler avec les arbres, les feuilles et toutes les expressions oubliées.

34

Soupirs précipités, soleil à coups d'étincelles bruyantes et furtives
Lâchés comme des trop retenus, des évadés aux pas difficilement discrets
Quelque part sur les plaines de chaires, des toiles chaudes d'air titillent l'herbe frémissante
Les ruisseaux chauds et des valses de crapaud qui dansent sans plus d'innocence

Mais c'est peut-être l'arrivée du grand froid qui fait couler les gondoles du plaisir
Les arbres perdent leurs feuilles de jouissance, les tons se refroidissent,
L'herbe se stoppe peut-être a-t-elle croisé un fantôme
Seul encore mobile, bien que fonctionnant qu'en soubresauts
Les plaines de chaleur se perdent.

Quelle était la grande arrivée, accueillie en monarque tyrannique lorsque fleurissaient auparavant les prés de milliers de couleurs sans artifice ?

La terreur, sans tyran, pour qui s’invita.

67

Il avait entendu les tintements de l'eau le prévenir
Un caillou dans la chaussure serait à accueillir
Tellement clair qu'on en vint injustement à le haïr

Une sorte d'évidence inévitable
Qui nous pousserait presque à commettre l'irréparable
Autant s'attacher comme une âme démunie
À ce qui faisait de nos attaches quelques unies

Maintenant n'a alors jamais eu tant d'importance que celle qu'on vint à lui donner tant d'attention
Car demain qui sait, et plus lointain encore, qui/que/quoi trépassera
Qui/que/quoi pointera toujours le nez face à nos horizons

Toi, dont l'évidence rejetée m'annonce ton trépas

Je ne souhaiterais jamais plus qu'aujourd'hui mon erreur

Mais cessons là de regarder trop haut, trop loin, et d'oublier, de manquer la moitié de ce qui passe devant nous.

Car maintenant n'aura jamais moins d'importance

Allez, pose ta joue sur ma bouche

Et penche-toi sur le rouge de ma peau vif et à feu c'est pour toi

97

I think about the end when it’s only the beginning
Reflex can be accustomed to the fall

Maybe you will say to me : « You are too pessimistic »
Maybe you will say to me : « be more opportunistic »

Have a little more ambition, dance, laugh, sing, deny your introverted face for me Don’t be shy it won’t amuse me, god what am I saying ?! it will bore me

Maybe you will say to me : You are too pessimistic
Maybe you will say to me : « be more opportunistic »

88

Y'a de ces mots qui tirent, m'ébranlent, me perturbent
Comme si aucun gosier ne pourrait contenir tant de répugnance
Que ceux-ci qui se propagent comme l'on pense des pestiférés
Et vive la redondance

Deux trois accords en boucle qui seront de trop
Pas d'intro d'ailleurs rien à foutre de la forme
Juste des couleurs qui se meurent en silence
Au même rythme que les balancés d'une flamme vacillante

Cette dernière rime semblait forcée, tracassée
Aspirée par l'abstrait de son essence
De son image au pas discret
Glissante de maladresse

Rien à foutre de la décadence
À qui profite l'indépendance
La foudre se mêle aux chocolats qui me tenaient à cœur
Quel goût leur trouvais-je auparavant ?
Je ne sais plus

Rien à foutre de l'absence,
Qui jamais n'a manqué à l'appel
Comme compagne insoupçonnée
Dont la présence la rend ma foi coquette

Mais qui de plus charmante que discrétion
Tes courbes me charmeraient presque
Mais voilà que mes lèvres connaissent chacun de tes contours
Embrassés jusqu'à ivresse

Et ce silence à m'en briser les tympans
Qui les perforés comme les regards perforent les murs les plus impassibles
Et l'autre qui galop et désir rebrousser chemin
Ce qui arrivera sûrement un jour lointain ou demain

Draw me ever deeper
In your troubled waters
Erase everything, the little that I am

Draw me ever deeper
I offer myself to your arms
Let’s dance until I sink
Too bad for your hunt

Attire-moi dans tes bras
Dans tes eaux troubles
Encore un peu plus, du peu que je suis
Attire-moi dans tes bras
Je n’ai rien, au rien pour moi, aucune arme
Dansons encore, je pense

22

Je t'écris deux trois mots à rallonge

En sachant déjà que ma perception du temps s'y retrouve décalée.

Je perçois de là ton cœur vaciller, juste le besoin de voir ma plume pour savoir ce qui se sera passé.

Tu lâcheras sûrement ce bout de papier aux pattes de mouches avant même de les avoir décryptés.

Puis tu reprendras ta lecture bien plus tard, le cœur salé, les yeux en peine.

Si cela est le cas, c'est que j'aurais enfin ma main dans la sienne.

Je t'écris maintenant car je la sens arriver un peu plus chaque seconde, l'attente jouant sur ma patience de jour en jour.

Je me demande bien sous quel admirable spectacle ce départ s'annoncera.

Une apothéose sanguinolente et poupée pâle en son centre ?

Les pieds suspendus dans le vide dans un dernier planement d'esprit ?

Ou bien dans les eaux troubles image de mon cœur à cet instant ?

Excuse-moi, une fois de plus je m'égare dans de nombreux flux imaginables et inexplorables à la fois.

Je n'ai jamais été dans l'optique de t'écrire ceci auparavant.

Trop borné, me laissant d'abord bercer de mon jugement hâtif.

Enfin outre, j'ai cédé, laissant une dernière vie éphémère, un simple morceau de feuille et quelques mots derrière moi.

L'ironie a voulu je sois doté d'assez d'habileté pour manier les mots, lorsque je suis une personne peu intéressée presque apathique.

J'ai menti, j'ai cru mentir, j'ai écrit sans ressentir des choses qui étaient pourtant bien en moi, mais que même l'écriture ne parvenait pas à en déclencher les expressions sur mon visage.

Je t'aime.

Je suppose que c'est ce qu'on dit à une personne à laquelle on tient.

Je te déteste.

Je suppose que c'est ce qu'on dit à quelqu'un qui tente de nous façonner et ne nous respecte pas.

Dans ce cas-là, je crois que je pourrais autant pleurer ta mort que vomir de certains souvenirs.

Façonnage ? Respect ?

J'imagine que tu te sentiras attaqué, mais je t'assure qu'à l'heure actuelle ou je t'écris ces mots, je suis toujours aussi calme et passif qu'habituellement.

Car tu as grandi à l'époque à laquelle tu t'es dû grandir, avec les mentalités qui y étaient transmises.

Finalement, personne n'aura vu, ni même moi, qui étais-je sincèrement.

C'est mieux ainsi.

Tout est étrange ici-bas, tout est si compliqué, même le bonheur.

Je ne dirais pas que tu n'en seras pas à l'origine, ce serait mensonge.

Mais je te dirais que tu n'es pas assez lourde pour me faire tomber.

Seul moi, et on dirait que ce fut le cas.

Elle est enfin venue me chercher.

Et je pense bien que ce n'est pas tomber, loin de là.

Je t'aime dans ta folie adorable, autant que tu es détestable.

45

Le changement semblait si rapide

Il en a dévalé la pente qui tanguait déjà de droite à gauche ou… peut-être de gauche à droite il ne sait plus.

En tout cas, une chose est sûre, on a coupé les fils de l'ascenseur

Sans honte, avec ardeur.

Avec élan et sans pudeur

Et l'âme d'enfant s'accroche désespérément à la rambarde, coudes verrouillés, les doigts crispés et le cœur en haleine.

Et l'âme en peine s'assoit et attend, ne sent pas les heurts, ni le bruit mais le silence assourdissant de l'arrêt à venir.

Il se dit : « Que le chaos m'accompagne depuis le début, pendant et comme à la fin de chaque histoire puis à chaque nouveau commencement

Qu'il trouble les ribambelles de fées de la paix bien trop sages mais peu nourries

Mais que jamais l'on ne les mette en cage, car la défiance efface parfois l'ennui. »

Il se voit difforme courir dans la galaxie

Attraper la poussière comme l'on cherche ce que l'on a jamais saisit

Comme si elle était la nourriture des fées affamées mais au régime depuis leur naissance

Ou l'eau du sage à la peau fripée par l'âge et la prudence des petites infortunes.

La bouche en suspend attendant que la faucheuse s'y faufile impatiente

Comme plongeante à la recherche d'une nouvelle décoration

Les sens en alerte notamment yeux écarquillés, non d'horreur mais attendant que les couleurs s'évanouissent peu à peu, à mesure que ses sens se jettent à la mer pour ne plus remonter.

76

Plongé dans la pénombre d'une nuit forcée
À compter le nombre des ambiances déversées
Tu te saisis de la lumière comme l'eau bienvenue
De l'assoiffé qui sans plus attendre se rue dessus

Et c'est par une petite boîte, plate et à la pâle lumière
Qu'une enchanteresse voix, tape, la pénombre éclaire
Dieux que tu es somptueuse et si ce n'est qu'une jolie voix
Le besoin qui met en radieuse et le cœur en émoi

Des éclats de chaînes mirages il semblerait
Des éclats joyeux qui se déchaînent, des rires légers, il y paraît
Des mains qui tendent vers l'après et non vers une autre

Des mains qui scandent « ho si prêt » et non « elles se vautrent »

Des mercis et toujours pas de Je t'aime
Car le Merci, c'est du bouclé
Et le Je t'aime serait trop près de l'achevé

Car la route est là devant
Roulons toujours après, maintenant et avant
Trouvons l'ombre des cyprès et jouons-y quelques notes insoupçonnées
Pleures et joies qui s'y revêtes, qui jamais ne perturbes nos beaux étés

12

Et voilà que se meurt à nouveau
Aspirés par le champ ouvert de mes plaies
Chaque seconde de trop
Les tons s'effacent de mes sommets

Où sont-elles les couleurs ?
Je tends le bras dans l'espoir d'une robe vive
J'observe avec terreur
Le blanc et le noir prendre place dans leur vide

Qui es-tu ?
Personne, tu n'en as plus.
Plus rien n'en a
Plus personne n'est ?

Mon œil perd-il en vigueur,
Ais je été un jour coloré ?
Non je ne fus que pâleur
Peut-être n'ai-je jamais été

Ombre pâle, l'arc-en-ciel est loin
Pas lents, les vagues s'éloignent
Union morose, les nuances ont pris congé.

Minuit, ponctuelle ennui sonne à ma porte.
Entre mon ami, et dis-moi comment tu te portes. Sous un thé à saveur de ma vision
Sucre n'étant plus qu'objet de décoration

Couci-couça, m'as-tu dit,
J'aimerais connaître envie, dis-moi comme elle est belle.

Elle est, les mots ne sortirent plus.
Qui est envie ? Je crois avoir vu l'ombre de son châle au coin d'un arbre
Je ne sais plus, répondis-je perdu.

84

Mon amour les mots se pressent contre mes lèvres
Mouvement mou, lorsque forte poussée du cœur
Mon amour, les je t'aime à répétition sont des appels à l'aide non assumés, de la volonté auto consumée aussitôt respiration prise puis bouche ouverte.
Les gens aiment mes mots, moi c'est toi qu'ils aiment.

Mon amour quand je vois ton dos tendre à la brume
Je ne peux déjà plus qu'imaginer ta chaleur contre ma poitrine
Car entre mes bras, le froid tissu d'une couette dont ton absence la rend gelée.

Mon amour, sais-tu comme je t'aime ?
Parfois, je ne dis rien, l'amour a tendance à essuyer les travers.

Mon amour je ne mens pas quand je te dis que tu es le plus beau

Car de toutes les normes de beauté, c'est toi qui entres dans les miennes, tu es l'Apollon dont même mon imagination chevaleresque n'a pu visualisé

Mon amour vois-tu comme tout ça est niais ?

Rions-en comme j'aime nous entendre rire de tes ringardises et de ma maladresse.

Mon amour avec toi le temps est si jaloux qu'il t'arrache bien trop vite de mes côtés, te chasse à coups de pied tapageurs si bien que plusieurs heures semblent s'écrouler en quelques miettes de secondes

Mon amour la chute me paraît loin ma hantise s'efface bien innocente

Mais je l'accepte car je ne pourrais jamais haïr une fin d'avance et à jamais quand j'eus l'inestimable chance de t'avoir à mes côtés.

Mon amour si tu souhaites que je m'aime pour t'offrir cette preuve d'amour avec laquelle je peine tant

La plus haute et la plus céleste, la plus tendre et la plus belle.

Alors je le ferais, je me dresserais sur un coude, puis le second.

Je pousserais sur les avant-bras et sur mes genoux.

Même si l'on peut me dire que cela est une bêtise, je fonce tête basse.

Mon amour, j'ai envie de te croire même si des difficultés se jettent sur le passage de cette volonté.

J'ai envie de te croire et ignorer mon scepticisme

J'ai envie de croire que tu m'aimes, qu'importe combien mon cœur est purulent, mes pieds gauches et mes mots farfelus.

J'ai envie de croire qu'un troisième œil, des palmes ou une crête n'entameraient pas ton amour comme c'est le cas pour moi.

Mon amour, j'aimerais que tout ce que ta bouche n'arrive à me faire entendre, tu me les fasses parvenir comme moi je le fais dans ce texte débordant de niaiserie comme l'on rit à s'en moquer mais auquel on s'entiche malgré tout.

Un petit tracas dans l'air est toujours mieux qu'inscrit silencieusement et emprisonné sur ton visage.

Je t'aime le plus.

PS : Je prévois ta réfutation de cette signature et je refuse cette bêtise par avance.

13

Je crois que les vagues ne sont plus ce qu'elles étaient

Je pense qu'elles ne s'amusent plus à me charrier en me chargeant jusqu'à la limite où elles se retiraient.

Je crois qu'elles s'amenuisent et se croissent, plus aucun entre deux.

Jamais plus il faut que l'on puisse observer leur croissance.

Pour cela rien de tel que les armes pour qu'elles n'atteignent pas les limites de nos pages.

Promis, juré, non craché

67

Il y a d'abord ces rires, joies timides qui n'osent s'abandonner à de plus grandes frivolités.

Ensuite, cette sorte de tension, non violente, plutôt tentatrice, alléchante.

Il y a des rires et un petit vent agréable, il ne reste plus que ce gaz de l'esprit planant pour pouvoir en goûter les plaisirs et s'y compléter.

On sent poindre l'odeur d'une aube douce, Dieu que l'on en souhaite une plus rapide arrivée, afin de pouvoir sentir de quoi nous mettre en jouissance.

Cette tension se remarque en bouche, on goûte par avance de la connaissance que l'on a de sa présence. Ce goût qui calme toutes les énergies gaspillées à des plaisirs en hâte, attendrissant même les chiens des plus enragés.

Puis l'esprit plane déjà à l'imaginer se faufiler lentement, toujours d'un délice des plus vifs tel qu'on la sent couler dans la trachée, et gonfler ses poumons de manière si exquise et si intense que l'on en comparerait le mouvement au bombage de torse fier d'un coq.

Cette tension double de pression lorsque le train fait sentir de sa fumée son arrivée théâtrale.

Ses effluves attirent les narines et les regards, l'on en remarque le nuage qui passe doucement de main en main sous les relâchements de sourcils et les coins des lèvres qui se lèvent.

Le train arrive alors entre les mains le prenant délicatement tel un nouveau-né.

Il se gare entre l'index et le majeur, un mouvement et on laisse tomber sa peinture écaillée avant de le mettre en bouche.

Et là, l'aube apparaît dans toute sa splendeur, son doux soleil se goûte en artifice délicat et l'aquarelle gustative en éveil égaye l'esprit.

Le nuage se laisse couler d'un rythme tranquille le long de la trachée, le long des parois frétillantes, de manière presque charnelle comme la douce grâce d'un vêtement qui s'enlève provocateur.

Comme le film de l'esprit le projetait, le nuage se jette dans l'abîme des poumons qui ne tardent pas à se gonfler avec majesté et immensité tel un enfant face à la grandeur d'une montgolfière.

C'est là que l'artifice éclate et les dernières tensions naturelles du corps oubliées mais dont alors l'on prend conscience, s'affaissent. Les nuances ne sont plus des contrariétés et des obstacles mais de véritables merveilles.

Le délice se goûte également dans le rejet du nuage qui remonte le courant inverse.

Le train passe de main en main, à chaque bouffée cette même excellence de l'instant sans que l'on ne se lasse, aussi répétitif que nouveau.

Peu à peu, la brume gagne l'esprit, et les dunes effritent le gravier en sable fin.

Le vent agréable devient celui qui fait virevolter quelques grains au sol.

Le murmure des feuilles sous la brise devient les cliquetis d'armure de samurai réfléchissant le soleil écrasant.

Puis un conte digne d'un roman, une bataille et des compétences de chevaliers expérimentés à la manière d'un enfant, le torse bombé de courage, de confiance et le cœur rempli d'amusement.

Une bataille à qu'importe la défaite, juste la chaleur, le mouvement, la brise et des éclats de rire pour rythmer les coups et esquives.

Des vibrations, sûrement l'agitation d'ailes d'un volatile dans le ciel ou bien une chute.

Lorsque les contes s'estompent et que le train n'est plus en état d'émettre un quelconque petit nuage, il semble que le temps ne soit pas encore en hâte de poser à plat les nuances du réel. Alors l'esprit plane à la facilité du tout noir, tout blanc et une joie de tous les sens jusqu'à ce qu'ils s'endorment à nouveau pour un degré visuel de nouveau restreint mais jamais sans se retourner vers les images de cet ailleurs ou le temps semble être parti faire une balade.

77

J'ai vidé tout ce que j'avais en quelques dizaines de minutes défectueuses. J'ai emmuré mes lèvres pour qu'aucun cri ne s'échappe, je me suis coupé les ongles pour éviter de me déchiqueter la poitrine, je me suis lié les mains afin que rien ne frappe, et j'ai fermé l'accès de mes yeux à mon cœur pour qu'on ne puisse rien y lire. Quelques minutes défectueuses et répétitives chaque jour, un programme automatique existant pour sa défaillance infinie.

Puis j'ai pu me libérer les mains sans crainte qu'elles se retournent contre moi et autoriser de courtes libertés à mon cœur pour qu'il se balade entre mes yeux et mes lèvres. Quelques secondes infimes par jour comme un nouveau programme moins sévère.

J'ai bien peur que ce ne fût qu'une tragédie, on ne prend que trop l'habitude du réconfort et de la liberté. Et c'est lorsque tout revient que l'on sait. On remet la machine en marche et le programme rouillé mais efficace, quoique claudicant, repart de plus belle.

51

J'ai l'impression d'être tout le temps en colère. En tout cas, cette sensation ne me quitte jamais.

Je crois que l'homme est devenu salaud de ses progrès, de ses efforts à y tendre en tout cas.

J'ai l'impression d'être tout le temps en colère. La main près à voler à ma bouche pour retenir une envie de vomissements présente.

J'ai tendu à en être salaud aussi moi, à m'enfoncer dans la normalité. La normalité qui n'était en vérité que l'arrangement d'un ordre qui ne convient pas et que les salauds, bornés, tiennent fermement.

Puisque j'ai des lèvres alors je me dois de tenir certaines courbes. Marrez-vous de mes rêves. Ceux où le cutter n'est pas loin de ma poitrine, prêts à la percer, rêvant que la graisse, rendant leurs courbes aussi belles que le veulent vos désirs, s'échappe tel le liquide d'une canette percée. Ces jolies courbes ne sont pas moi.

Moi j'aime sentir chaque morceau de mon corps comme une extension, non comme un poids. Mais nos poids ne satisfont pas ces salauds ? La douleur ne rend-elle pas obéissant ?

Non, elle me révolte chaque minute. Sans mes courbes ne suis-je plus moi ? Sans mes barrières suis-je plus éloignée de moi ? Que de bêtises, putain !

17

Voilà l’abolition des résolutions
L’éclat des quilles ma foi spectaculaire
Une impression de déjà vu
Si forte, dépassant d’ailleurs la simple impression
Que le cœur se serre d’en connaître la précision
Un simple copié-collé au regard connaisseur
Voilà qu’on arrache une histoire pour la coller à un autre visage
Et malgré la foi et la connaissance
L’anxiété que l’histoire accidentelle devienne réel
Grimpe chaque fois qu’il s’en va au labeur.

49

Il se dessine toujours un virage
Lors duquel ce qui nous porte se trouve en face
Obstacle dans la seule routine que l'on en a fait
Par ne seul usage et l'effacement de ses autres passages en force

30

Il n'y a jamais vraiment de moment pour se déballer tout un speech sur l'amour.

Et dire, c'est trop niais, au final peut être que la sincérité et la grandeur des sentiments s'expriment mal, ou jamais.

Alors un peu de niaiserie ne fera pas de mal à nos ego et à nos cœurs.

Tu sais pourquoi on se répète sans arrêt « Je t'aime » ?

C'est vrai ça, on a plein de synonymes, plein de métaphores.

Peut-être quand je t'aime, c'est admettre qu'aucune formule ne sera jamais assez vraie, assez grandiose, pour montrer ce que l'on ressent.

Et c'est en multipliant les je t'aime, qu'on définit cet ordre de grandeur, qu'on essaie de dévoiler les pans de l'image profonde et claire de l'amour que l'on porte.

Moi je ne cesserais pas, de dire Je t'aime, 4, 10, 20, 40 fois par jour.

On ne peut nier que la niaiserie donne des ailes au cœur.

Peut-être qu'on doit admettre que l'amour, on ne peut lui donner d'image fixe, parce qu'il bouge et grandit sans cesse.

Mais si la forme n'en est pas claire, les symptômes et les visions le sont.

Car regarde, pour moi, par exemple. Il y'a des choses que je sais typiquement. Au milieu d'une foule, là où étincelle chaque lueur de vie, même celle de salaud que le monde manque d'éteindre, tu brilleras 100, 1000 fois plus.

Parce que je t'aime certes, mais parce que cette étincelle sublime aussi dans son côté unique et attirant mon attention sans cesse, m'a fait t'aimer

Bien sûr qu'il y'a des choses que l'amour nous rend claires, comme mon goût pour la pointe de ringardise clichée.

Parce qu'au cliché, je vois la croyance de fondation solide, la nostalgie et l'attache à l'affect.

Bien sûr qu'il y'a des choses que l'amour nous rend claires, maintenant je sais qu'une voix peut raisonner de manière jouissive même à travers un téléphone, comme si tous les clichés qu'on pensait à nous se révèlent comme véritablement existants.

Maintenant, je sais que de petits gestes, des petites habitudes chez l'autre comme un mouvement d'épaules, d'avant-bras, ou des tics de langages peuvent nous rendre un peu gagas sur les bords.

Maintenant, je sais que l'amour peut révéler nos propres qualités et nous donner nos propres vices.

Par exemple, je sais qu'il est facile d'être là dans les moments où tout va bien et choisir la fuite de ce qui plombe. C'est pourquoi le sourire est toujours à choisir plutôt que des larmes débiles, si tant est qu'elles arrivassent à sortir.

Mais bon le côté niais ne peut pas être sans effort, pas être un boulet, être solide, comme dans toute relation humaine il faut un équilibre solide mais bon je crois que je m'égare.

Entre autres, peut être que l'équation des Je t'aime à répétition, et de tous ces clichés sur l'amour qui prennent vie en soit et se dévoile a l'autre sont les véritables expressions de l'immensité d'un amour. Et la manière dont il s'exprime change comme l'amour se transforme également. Il suffit de le voir et d'avoir les règles qui en tiennent les vices et préservent le bonheur.

Alors où je ne cesserais pas, de te dire Je t'aime, 4, 10, 20, 40 fois par jour et peut être que ces clichés de l'amour se sont mis et continuerons à vivre également en toi comme en moi en ce moment.

L’amour est bizarre, mais peut être que la réduction à des « Je t’aime » n’est plus un si grand hasard.

10

Je n'aurais imaginé que les pétales, que j'entrevoyais dans quelques ailleurs soient réels mais de côté ou simplement fictifs, puissent apparaître dans l'allée de mon aveuglement et à la certitude de leurs absences éternelles.

Jamais n'aurais-je pu imaginer qu'elles apparaissent pour rejoindre nos allées. Car si la mienne m'était indéniablement et obligatoirement connaissables malgré mon vouloir, la tienne me le fut pas jusqu'au croisement numérique. Qui aurait cru que « mon allée » se transformerait en « notre ».

Malgré que j'eus pour jamais pu croire ni même imaginé que ce « notre » survienne aux bords de ma bouche et de ma plume, aussi fort l'ai-je repoussé et aussi forte la claque de son arrivée me sonna.

Pour le meilleur et pour le rejet et la conscience de possibilités du pire.

Car tout devient si grand de fascination, or auparavant si grand de ridicule, que l'on repousse à loin notre tendance à prévoir la chute.

Mais ce n'est qu'une mise de côté, j'en accepte et garde la présence.

Je la garde mais accepte de ne pas garder la prévoyance en mon centre.

Au diable de toujours plisser les yeux, que cela les fatigue.

1

Des tintements de verres cognés les uns contre les autres, des rires, des coins de lèvres qui se lèvent ainsi qu'une petite brise agréable. Tu me parles les yeux brillants l'écran de téléphone tourné vers toi, écran rougissant de ton regard enflammé ainsi que le mien rieur. Tu parles à toute vitesse, les idées plaquant les anciennes, les envies bousculant la normalité de la situation faisant danser les perspectives. Et puis un regard quitte l'écran qui peut souffler quelque temps, tiens c'est le mien. Je ne l'ai pas senti glisser, me voilà, figé, peut-être un peu trop, une main sous le menton et les yeux portés sur tes yeux reflétant des paires de chaussures de toutes sortes rouges, jaunes, grises… Mais rien ne paraît plus beau que la fraîcheur de tes iris verts et les paillettes de projection que j'y vois danser.

— Et puis…

Une nouvelle paire au bord de ta bouche et mon regard glisse sur tes lèvres. Bien dessinées, trop bien dessinées d'ailleurs, leurs courbes donnent envie que l'on y fasse danser les nôtres. J'en admire les mouvements renversant un projet de lumière à tes yeux comme la lumière que tu m'es.

— Ça serait pas bien ? De…

Nouveau glissement, sûrement tout aussi peu discret, sur une belle mâchoire marquée qui montent et qui descend mais qui me semble d'une majesté tel un tsunami. Que j'en sais et imagine sa peau douce sous mes doigts ! En parlant de peau douce, une descente s'impose et un nouveau glissement. Magnifique spectacle d'un cou délicat et chaud à mon savoir. Sous le miel de ta voix vibrante et débordante de douceur, je m'amuse à suivre la courbe de ton cou jusqu'à tes épaules. Qu'il est bien bâti j'ai passé mes bras autour de son cou et au-dessus de ses épaules. Je dérive, mon dieu ou passé ma raison ? Je rattrape mon regard sur ton téléphone, remarque l'heure, déjà ? Les heures me semblent seulement quelques minutes avec toi. Je me sens bien avec toi, j'ai envie de t'enlacer, plonger ma tête dans ton cou et n'entendre que ta voix sans celles d'autrui pour la gâcher.

— J'ai hâte.

Et voilà que tu finis sur cette note conclusive, les pailletés encore dans les yeux rêveurs. Tout ça s'en perdre une miette ? Je m'impressionne, mais comment en perdre ?

— T'es beau.

T'es beau au lieu d'un : c'est vraiment bien. Ro puis zut :

— Je t'aime.

Remerciements

Avant les mentions spéciales, je tiens tout d'abord à remercier la patience et l'attention de quiconque aura réussi à lire mon ouvrage jusqu'au bout. J'espère que cela aura permis à certains de mieux se voir, mieux se pencher sur eux-mêmes, regarder le présent et les désirs pour demain. J'espère que mon ouvrage sera également la dernière inspiration qui fera s'ouvrir quelques plumes qui ont tant à dépeindre.

Je remercie la maison d'édition Le Lys Bleu d'avoir su apprécier mes mots et me permettre de les faire paraître sous vos yeux.

Maintenant les mentions spéciales si vous le voulez bien.

Je remercie tout d'abord ma famille, nous ne sommes certes pas liés par le sang mais par l'amour de nos rires, disputes et bêtises. À ma Tante qui, comme toute figure maternelle (car c'est ce qu'elle est pour moi), n'a toujours souhaité que mon bien car elle connaissait que trop bien les mauvais coups que la vie peut donner à de jeunes vies innocentes. Je remercie ma grande sœur, Stéphanie, qui dans sa simplicité mais sa douceur ainsi que ses convictions m'a toujours inspiré une forte admiration et m'a toujours soutenue.

Je remercie, bien qu'elle soit bien jeune pour comprendre cela, ma petite sœur Lilou qui du haut de ses cinq ans maintenant a su m'apporter légèreté, sens des responsabilités mais également moins de pudeur pour exprimer mon amour à mes êtres proches.

Dans le cadre amical, je tiens à remercier la plus forte amitié que j'ai eue, Dixy, qui peut-être un jour lira tout ceci. Je la remercie chaleureusement pour tous ses conseils, sa sympathie, ses inspirations et son aide général mais également son extrême patience envers moi comme au monde.

Je remercie mon très cher Kyo et je ris en disant cela, l'imaginant attendre son nom, sache que je n'oublierais jamais ta bienveillance, ton talent, ton écoute, ta sensibilité, tu es un ami cher à mon cœur.

Je remercie également Emma, je ris de ta surprise par avance, merci pour ton franc-parler et ton écoute attentive vis-à-vis de mes plaintes constantes.

Je terminerais par celui sans qui aucun de mes mots n'aurait pu paraître au Lys Bleu, et ainsi à vous. Je parle évidemment de mon compagnon, Enzo, qui sans tremper dans mes passions m'a toujours poussée à m'y épanouir. Je ne le remercierais jamais assez de m'avoir montré que je suis forte et que je n'ai pas à avoir peur de me lancer dans des projets qui me tiennent à cœur. Je le remercie pour son amour maladroit et indéfectible.

J'aurais encore bien du monde à remercier mais cela se transformerait en un véritable dictionnaire. Merci à tous pour votre attention. Et retenez ceci :

Personne n'est assez lourd pour vous faire tomber.

Imprimé en Allemagne
Achevé d'imprimer en novembre 2023
Dépôt légal : novembre 2023

Pour

Le Lys Bleu Éditions
40, rue du Louvre
75001 Paris

www.ingramcontent.com/pod-product-compliance
Lightning Source LLC
Chambersburg PA
CBHW062347010826
49168CB00024B/299
9791042213374